VENTE
Du Mardi 12 Juin 1906
HOTEL DROUOT, SALLE N°
A DEUX HEURES

TABLEAUX

AQUARELLES ET DESSINS

ANCIENS ET MODERNES

Portraits de l'École Française

DES XVIIe ET XVIIIe SIÈCLES

COMMISSAIRE-PRISEUR
Me LAIR-DUBREUIL

EXPERT
M. GEORGES SORTAIS

VENTE
Du Mardi 12 Juin 1906
HOTEL DROUOT, SALLE N°
A DEUX HEURES

TABLEAUX

AQUARELLES ET DESSINS

ANCIENS ET MODERNES

Portraits de l'École Française

DES XVII° ET XVIII° SIÈCLES

COMMISSAIRE-PRISEUR
M° LAIR-DUBREUIL

EXPERT
M. GEORGES SORTAIS

CATALOGUE

DES

TABLEAUX

ANCIENS ET MODERNES

Par ou d'après :

BOUGUEREAU (W.), COURBET, COYPEL,
DEBUCOURT, DETAILLE (ED.), GOYA, GRIMOU, JACQUET, JOUVENET, LEBOURG,
RANC, RAOUX, RIGAUD (H.), TOURNIÈRES, DE TROY,
VAN LOO (CARLE ET MICHEL), WATTEAU (DE LILLE), ETC., ETC.

AQUARELLES, GOUACHES, DESSINS

DONT LA VENTE AURA LIEU, A PARIS

HOTEL DROUOT, SALLE N° 6

Le Mardi 12 Juin 1906

à deux heures

Mᵉ LAIR-DUBREUIL
COMMISSAIRE-PRISEUR
6, rue de Hanovre

M. GEORGES SORTAIS
EXPERT PRÈS LE TRIBUNAL CIVIL
11, rue Scribe

CHEZ LESQUELS SE DISTRIBUE LE PRÉSENT CATALOGUE

EXPOSITION PUBLIQUE

Le Lundi 11 Juin 1906, de 2 heures à 6 heures

CONDITIONS DE LA VENTE

Elle sera faite au comptant.

Les adjudicataires paieront *dix pour cent* en sus des enchères.

Paris. — Imprimerie de l'Art, E. Moreau et Cie, 41, rue de la Victoire.

Désignation

TABLEAUX ANCIENS

COYPEL
(ANTOINE)

1 — *Le Sommeil d'Endymion.*

Toile. Haut., 60 cent.; larg., 68 cent.

DANLOUX
(PIERRE)

2 — *Portrait de Monsieur de Serilly.*

Etude pour un grand portrait.
Toile.

DANLOUX

(PIERRE)

3 — *Portrait d'Homme.*

Peint pendant le séjour de l'artiste à Londres.
Toile.

DANLOUX

(Attribué à)

4 — *Portrait d'Homme.*

DEBUCOURT

5 — *Fête présumée dans le Parc du château de Mortfontaine.*

Au centre d'une vaste pelouse sillonnée d'un cours d'eau et sous l'épaisse feuillée d'un bouquet d'arbres, des personnages, qui semblent être des dignitaires, s'approchent d'une jeune mère, vêtue de blanc, assise au pied d'un arbre, son fils se tenant près d'elle, debout, deux dames d'honneur de chaque côté de ce groupe, qui semblent faire les honneurs de la fête. Au premier plan, deux ecclésiastiques se promènent; çà et là, assis et debout, des couples causent; dans le fond, à gauche, un personnage en tonsure et portant le grand cordon rouge; dans le lointain, au centre, une colline se détachant sur un ciel gris aux nuages blancs.

Signé en bas à gauche et daté : *1805.*

Toile. Haut., 48 cent.; larg., 64 cent.

DANLOUX

[illegible]

3 — *Portrait d'Homme.*

Peint pendant [illegible]
[illegible]

DANLOUX

[illegible]

4 — *Portrait d'Homme.*

DEBUCOURT

5 — *Fête présumée dans le Parc du château de [illegible]*

[illegible]

Signé en bas à gauche et daté : [illegible]

[illegible]

Phototypie Berthaud, Paris

DELIN
(VAN)

6 — *Scène de la Vie de Joseph.*

Signé à gauche : *V. Delin, pinxit, 1782.*

Toile. Haut., 2 m. 40 cent.; larg., 1 m. 55 cent.

ÉCOLE ESPAGNOLE

7-8 — Deux peintures sur cuivre.

ÉCOLE ESPAGNOLE

9 — *Sainte Thérèse.*

Cuivre.

ÉCOLE FLAMANDE
(XVIIe siècle)

10 — *Portrait d'Homme.*

ÉCOLE FRANÇAISE
(Commencement du XVIIIe siècle.)

11 — *Portrait de la marquise de Lezanne, épouse du seigneur de La Plaignières.*

Presque de face, un bouquet de fleurs surmonte sa coiffure poudrée à frimas, elle porte un corsage de velours vert décolleté, une draperie de soie rose à reflets retenue par la main gauche passe sur ses épaules.

Cadre en bois sculpté et doré.

Toile. Haut., 92 cent.; larg., 72 cent.

ÉCOLE FRANÇAISE

(Commencement du XVIIIe siècle.)

12 — *Portrait de Monsieur de la Plaignières, auditeur de la Cour des Comptes.*

De trois quarts à droite, la tête presque de face, coiffé d'une longue perruque blonde à larges boucles, cravaté de fine dentelle, vêtu d'un habit de velours vert à bouton et broderies d'argent ; il tient de la main droite une bonbonnière ouverte ; une draperie rouge flotte à la ceinture.

Cadre en bois sculpté et doré.

Toile. Haut., 92 cent.; larg., 72 cent.

ÉCOLE FRANÇAISE

(XVIIIe siècle)

13 à 17 — Cinq panneaux décoratifs.

Scènes champêtres en camaïeu rose.

ÉCOLE FRANÇAISE

(XVIIIe siècle)

18 — *Portrait de Femme en costume de Diane.*

En pied et debout, de grandeur naturelle, la poitrine, les bras et les jambes à demi-nus, vêtue d'une tunique de soie rose, la ceinture ornée de joyaux, les jambes couvertes d'une mousseline d'or, chaussée de cothurnes roses, le carquois sur l'épaule, tenant de la main droite son arc, elle montre de la main gauche une chasse au cerf se déroulant dans un parc, et dont les fonds se détachent sur un ciel de soleil couchant.

Cadre Louis XIV en bois sculpté et doré.

Toile. Haut., 2 m. 15 cent. ; larg., 1 m. 5 cent.

(*Ancienne Collection du comte de Broissia.*)

ÉCOLE FRANÇAISE

(XVIIIe siècle)

19 — *Portrait d'Homme à perruque, revêtu d'une armure.*

Toile ovale.

Haut., 80 cent.; larg., 62 cent.

ÉCOLE FRANÇAISE

20 — *Portrait de Femme.*

Toile ovale.

Haut., 73 cent.; larg., 60 cent.

ÉCOLE HOLLANDAISE

21 — *Paysage avec animaux.*

ÉCOLE HOLLANDAISE

22 — *Sujet mythologique.*

ÉCOLE HOLLANDAISE

23 — *Paysage d'Italie avec figures.*

ÉCOLE ITALIENNE

(XVIIe siècle)

24 — *Vierge et Enfant Jésus.*

Panneau

Haut., 1 m. 20 cent.; larg., 90 cent.

GOYA Y LUCIENTES

(FRANCISCO)

25-26 — *Ésope ; Menippe.*

Ces deux peintures firent partie d'une série de copies exécutées par Goya, d'après Velasquez, et furent numérotées en blanc par l'artiste, à l'exemple de ses sujets tauromachiques qu'il peignait par séries.

Toiles. Haut., 1 m. 80 cent.; larg., 94 cent.

GRIMOU

(ALEXIS)

27 — *Portrait de l'Artiste.*

Il est représenté en buste, presque de dos, la tête dans un mouvement contrarié, presque de face, vêtu d'un pourpoint de velours à crevés de satin blanc.

Signé et daté en toutes lettres : *1720.*

Cadre Louis XIV en bois sculpté et doré.

Toile. Haut., 66 cent.; larg., 54 cent.

HALS

(École de FRANS)

28 — *Le Joyeux Buveur.*

Toile. Haut., 78 cent.; larg., 66 cent.

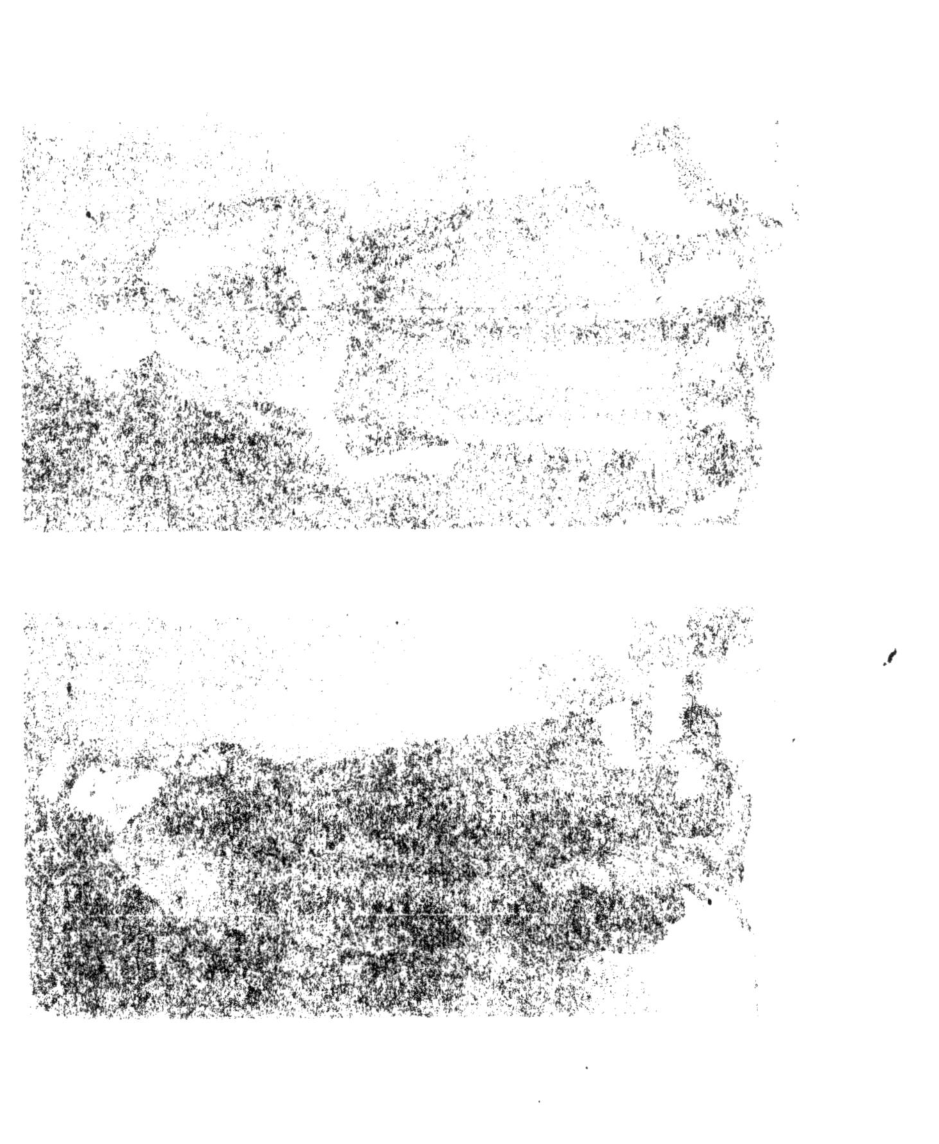

25

26

JOUVENET

(JEAN)

29 — *Portrait d'un Homme de lettres.*

De face, coiffé d'une perruque blonde et frisée, vêtu d'une robe de chambre de drap gris vert brodée d'or à revers de soie rose et dont il retient les plis dans sa main droite.

Cadre en bois sculpté.

Toile ovale.

Haut., 81 cent.; larg., 65 cent.

JOUVENET

(FRANÇOIS, fils du précédent)

30 — *Portrait de Jeune Femme.*

De face, coiffure poudrée à frimas ornée de fleurs, vêtue d'un corsage de mousseline blanc décolleté, à parure de fleurs naturelles, elle en retient une guirlande dans sa main droite, son corps à demi-enveloppé d'une large écharpe de soie rose.

Signé au verso.

Cadre Louis XIV en bois sculpté et doré.

Toile. Haut., 81 cent.; larg., 65 cent.

LAGRENÉE

(Attribué à)

31 — *Enlèvement d'Europe.*

Dans un paysage, sur le taureau accroupi, les cornes ornées de guirlandes de fleurs, Europe est assise, tandis que à sa gauche et à sa droite deux suivantes la parent de fleurs. L'Amour tenant une couronne de fleurs vole au-dessus du groupe.

Toile. Haut., 1 m. 75 cent.; larg., 1 m. 45 cent.

LAMPI

32 — *Portrait de la Grande Catherine.*

Toile. Haut., 60 cent.; larg., 41 cent.

PILLEMENT

(JEAN)

(DEUX PENDANTS)

33 — *Bohémiennes.*

Peintures sur papier.
Signées en bas et à gauche.

Haut., 24 cent. 1/2; larg., 17 cent 1/2.

RANC

(Attribué à JEAN)

34 — *Portrait d'un Lieutenant-Général.*

Debout, à mi-jambes et de grandeur naturelle, coiffé d'une perruque à queue tombant sur ses épaules et poudrée à frimas, collet de fine mousseline il porte un manteau de drap gris à larges manches de velours bleu paon, vêtu d'une cuirasse; il relève son manteau de la main gauche; il porte une ceinture d'or à gros glands, les jambes couvertes d'une tunique de velours bleu à poches ornées de boutons d'or; il tient de la main droite son bâton de commandement, appuyé à un tertre où l'on distingue son casque; derrière à gauche, les tentes d'un camp se détachant sur un ciel à gros nuages noirs.

Toile. Haut., 1 m. 48 cent.; larg., 1 m. 13 cent.

(*Provient de la Collection du duc d'Ossuna.*)

RAOUX

(D'après JEAN)

35 — *Le Concert.*

Copie du temps de l'artiste.

Toile. Haut., 95 cent.; larg., 1 m. 38 cent.

REMBRANDT

(École de)

36 — *Le Bon Samaritain.*

Ce sujet a été gravé.
Bois.

REMBRANDT

(D'après)

37 — *Tête d'Homme.*

RIGAUD

(École de HYACINTHE)

38 — *Portrait de Pierre de Bérulle, président au Parlement de Grenoble.*

Toile. Haut., 1 mètre; larg., 80 cent.

ROUGET
(GEORGES)

39 — *Napoléon reçoit à Saint-Cloud le Sénatus-Consulte qui le proclame Empereur des Français le 18 mai 1804.*

Petite esquisse.

(*Galerie de Versailles.*)

THÉVENIN
(CHARLES)

40 — *Portrait de Mademoiselle Mars.*

(*Exposition centennale 1900.*)

TIBALDI
(TÉRÉSO)

41 — *Enlèvement d'Europe.*

Gouache.

TIEPOLO
(Ecole de)

42 — *Projet de Plafond.*

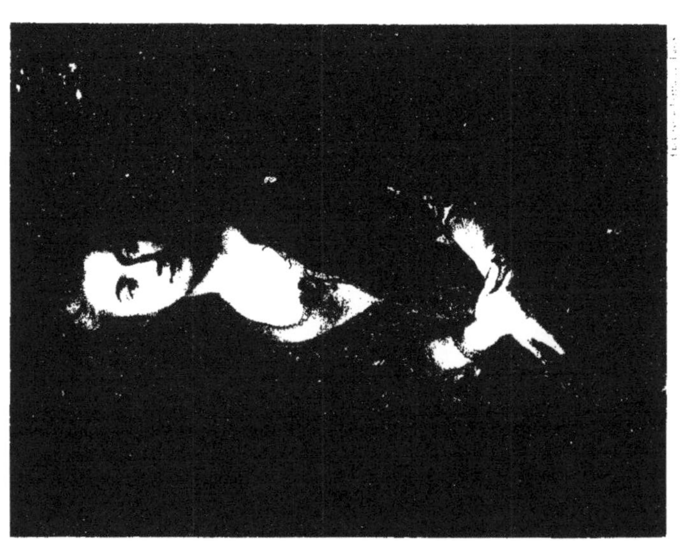

TOURNIÈRES

(Attribué à ROBERT)

43 — *Portraits d'Enfants de la famille de Beaumont.*

Au milieu d'un paysage orné de gros arbres, les trois sœurs sont réunies, l'aînée de front, la poitrine, les bras et les jambes nues, vêtue d'une robe grise ornée de roses blanches, tient de sa main gauche sa cadette qui s'avance vêtue d'une robe de soie jaune à demi-décolletée, à jupe rouge ; elle lui montre sa plus jeune sœur assise sur un entablement de pierres, le corps à demi-vêtu d'une draperie bleue et blanche et tenant dans ses bras un petit chien ; au loin, des collines se détachant sur un ciel de soleil couchant.

Toile. Haut., 1 m. 30 cent.; larg., 1 m. 65 cent.

TROY

(FRANÇOIS DE)

1654-1730

44 — *Portrait de l'Artiste.*

Vu presque de face vers la droite dans le cadre de pierre d'une fenêtre, coiffé d'un bonnet de fourrure noire, le col ouvert; il porte un habit de drap brun, sa palette de la main gauche, son appuie-main dans la droite.

Toile. Haut., 1 m. 18 cent.; larg., 90 cent.

(Cette peinture fut exposée au Salon de 1704, dernier salon du règne de Louis XIV.

(La gravure, par Drevet, sera vendue avec le tableau.)

TROY

(FRANÇOIS DE)

45 — *Portrait de Madame de Troy.*

Vue à mi-jambes, de grandeur naturelle, presque de face vers la gauche, la tête tournée vers la droite, elle porte un corsage de satin blanc décolleté, à broderies d'or sous un manteau de velours brun-rouge, à passementerie d'argent.

(Cette peinture fut exposée au Salon de 1704, dernier Salon du règne de Louis XIV.)

Toile. Haut., 1 m. 18 cent ; larg., 90 cent.

VALLIN

(JACQUES-ANTOINE)

46 — *Le Dieu Pan enseignant à la nymphe Syrinx à jouer de la flûte.*

Toile. Haut., 50 cent.; larg., 43 cent.

VALLIN

(JACQUES-ANTOINE)

47 — *Vénus et Adonis.*

Deux pendants.

Toile. Haut., 50 cent.; larg., 43 cent.

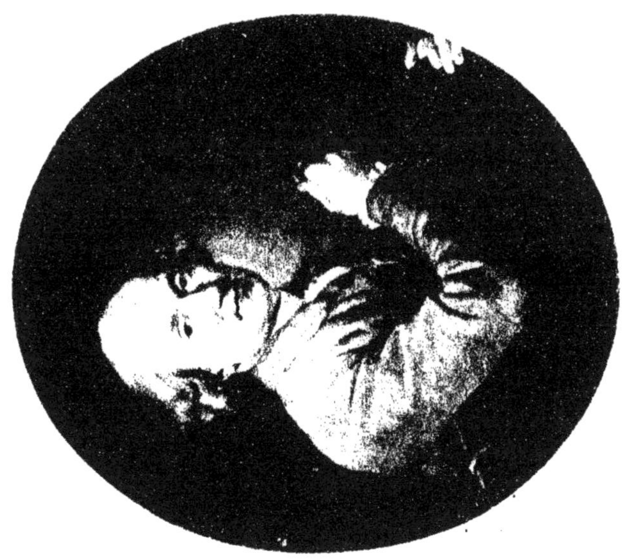

TROY

[illegible]

45. — *Portrait de M...* [illegible]

[illegible] d'argent.

[illegible] Louis XIV.

[illegible]

VALLIN

[illegible]

46. — *Le Dieu Pan* [illegible] *la nymphe Syrinx* [illegible] *fuite.*

[illegible]

VALLIN

[illegible]

47. — *Vénus et Adonis.*

Deux pendants.

Toile. Haut., [illegible] cent.; larg., [illegible]

49

48

VANLOO

(MICHEL)

48 — *Portrait présumé de Madame Duclos.*

Assise dans un fauteuil rose, de trois quarts vers la droite, vêtue d'un corsage de velours bleu, à fourrures brunes et à manches de satin blanc, elle joue de la guitare.

Toile ovale.

Cadre Louis XVI en bois sculpté et doré.

Haut., 77 cent.; larg., 67 cent.

VANLOO

(MICHEL)

49 — *Portrait présumé du graveur Duclos.*

Vu à mi-corps, de trois quarts vers la droite, vêtu d'un habit bleu clair, il porte un carton à dessin sous le bras gauche, et tient un compas de la main droite.

Toile ovale.

Cadre en bois sculpté et doré.

Haut., 77 cent.; larg., 67 cent.

VANLOO

(D'après CARLE)

50 — *Portrait de Marie Leczinska.*

Toile. Haut., 81 cent.; larg., 65 cent.

VELASQUEZ

(D'après)

51 — *Portrait de Philippe IV.*

Toile.

VERDUSSEN

(Attribués à PIERRE)

(DEUX PENDANTS)

52 — *Cavalier à la fontaine.*

53 — *Grande Dame suivie de son serviteur tenant un cheval par la bride.*

Cadres en bois sculpté et doré.

Toiles. Haut., 55 cent.; larg., 39 cent.

WATTEAU DE LILLE

(Attribué à)

(DEUX PENDANTS)

54 — *Fantassin au repos.*

55 — *Halte de Cavaliers sur un pont.*

Toiles. Haut., 27 cent.; larg., 40 cent.

VERNET

(JOSEPH)

53 *bis* — *Les Lavandières.*

Toile, Haut., 88 cent.; larg., 1 m. 35 cent.

TABLEAUX MODERNES

ANDREU

(Attribué à P.)

56 — *Cavalier grimpant un ravin.*

Panneau. Haut., 27 cent.; larg., 21 cent.

ATTENDU

(F.)

57 — *La Plage à Vimereux.*

Signé à droite.

BALLAVOINE

(J. F.)

58 — *Plaisir d'été : La Bouderie.*

Panneaux décoratifs.
Signé et daté : 1877.

Toile. Haut., 1 mètre ; larg., 1 mètre

(*Salon de 1877.*)

BALLAVOINE
(J. F.)

59 — *La Méditation.*

Panneau décoratif.
Signé et daté : *1876.*

Toile. Haut., 1 mètre; larg., 1 mètre.

(*Salon de 1876.*)

BOUGUEREAU
(WILLAM)

60-61 — *Italienne tenant son enfant.*

Deux pendants signés et datés.
Forme ronde.

CABANEL
(ALEXANDRE)

62 — *Portrait de Jeune Homme.*

Signé à gauche et daté : *1861.*

Toile ovale. Haut., 45 cent.; larg., 38 cent.

CHAPERON

63 — *Le Retour de l'Artillerie.*

Haut., 1 mètre ; larg., 70 cent.

CHOCARNE

(MOREAU)

64 — *Portrait d'Enfant.*

Vêtu d'une robe rouge avec col et manches de dentelles, il tient une canne à la main.

Signé à droite et daté : *1890*.

Toile. Haut., 53 cent.; larg., 44 cent.

COURBET

(GUSTAVE)

65 — *La Femme à la perruche.*

Grande ébauche.

Signé.

DETAILLE

(EDOUARD)

66 — *Fragment du Panorama de Champigny.*

Signé au bas.

GÉRICAULT

(Attribué à)

67 — *Sultane (Famille de Chiens).*

Toile. Haut., 2 m. 15 cent.; larg., 1 m. 55 cent.

HÉREAU
(JULES)

68 — *Le Meunier et son âne.*

Signé à gauche : *J. H.*
Toile.

JACQUET
(GUSTAVE)

69 — *Jeune Femme en corsage de soie jaune, la tête posée sur un coussin bleu.*

Toile. Haut., 30 cent.; larg., 25 cent.

JACQUET
(GUSTAVE)

70 — *Tête de Jeune Fille portant un bonnet blanc et un fichu de mousseline sur les épaules.*

Signé au bas à gauche.
Panneau.

Haut., 30 cent.; larg., 25 cent.

JOURDAIN
(ROGER)

71 — *Le Jardinier.*

Toile. Haut., 93 cent.; larg., 1 m. 05 cent.

(A été exposé à la Société Nationale des Beaux-Arts en 1898.)

JOURDAIN
(ROGER)

72 — *Le Paddock.*

Toile. Haut., 1 m. 40 cent.; larg., 2 m. 45 cent.

(A été exposé à la Société Nationale des Beaux-Arts en 1896.)

LANDAIS
(Attribué à)

73 — *Le Vieux Port de Marseille.*

Toile. Haut., 1 mètre; larg., 2 m. 02 cent.

LEBOURG
(ALBERT)

74 — *Le Passage de bac.*

Signé à gauche.

Toile. Haut., 53 cent.; larg. 72 cent.

LERAY

75 — *La Servante.*

Signé au bas à gauche.
Panneau.

Haut., 33 cent.; larg., 25 cent.

MERLOT

(E.

76 — *Vaches au pâturage.*

Signé à droite.

MEUNIER

(R.-V.)

77 — *La Vallée des Caves à Préfailles.*

Signé et daté : *1884.*

Toile. Haut., 37 cent.; larg., 51 cent.

PALIZZI

78-79 — *Paysages et Animaux:*

Trois grands panneaux.
Signés.

PERRAULT

80 — *Vénus.*

Toile.

SINIBALDI
(PAUL)

81 — *Portrait de Femme.*

Vêtue d'une robe noire, avec chapeau garni de roses jaunes.
Signé à gauche.
Panneau.

Haut., 36 cent.; larg., 22 cent.

THIVET
(A.)

82 — *Suzanne au bain.*

Signé à droite.

Haut., 97 cent.; larg., 70 cent.

TRUCHET
(ABEL)

83 — *Vue du Port de Villefranche.*

Signé à droite.

Toile. Haut., 60 cent.; larg., 73 cent.

TURNER
(Genre de)

84 — *L'Arc-en-ciel.*

Toile. Haut., 40 cent.; larg., 55 cent.

AQUARELLES

GOUACHES, DESSINS, GRAVURES

ALLONGÉ

85 — *En Forêt.*

Aquarelle.

BUNBURY

86 — *Les Amants confus.*

Aquarelle.
Signée à gauche et datée : *1791.*

BUNBURY

87 — *La Halte à l'Auberge.*

Aquarelle.

BUNBURY

88 — *Le Départ pour le Marché.*
Aquarelle.

BUNBURY

89 — *Archers près d'une jeune femme inanimée.*
Aquarelle.

CHARLET

90 — *Le Peintre d'enseigne.*
Dessin rehaussé de gouache.

CONSTANT
(B.)

91 — *Arabe assis.*
Dessin au fusain.
Signé à droite.

DECAMPS
(C.)

92 — *Chasseur.*
Dessin au fusain.

DECAMPS

(G.)

93 — *Paysage avec ruines.*

Dessin à la mine de plomb, rehaussé d'aquarelle.
Signé du monogramme : *D. C.*

FRANÇAIS

94 — *Paysage.*

Dessin à la sépia, rehaussé de gouache.

HARPIGNIES

95 — *Paysage.*

Bord de l'eau.
Aquarelle signée avec dédicace.

HUET-VILLIERS

96 — *Hébé.*

Gravure en couleur, par *C. Turner*.

JACQUET
(GUSTAVE)

97 — *Souvenirs d'atelier.*

Eventail à l'aquarelle, signée et datée au bas à droite.

KOWALSKY
(L.)

98 — Dix-neuf dessins au lavis ayant servi à l'illustration de l'*Innocente.*

LELOIR
(LOUIS)

99 — *A l'instar du bon roi Henri.*

Importante aquarelle, avec dédicace, signée et datée au bas à droite.

LEFÈVRE

100 — *Paysage.*

LEROY
(LOUIS)

101 — *Ravin dans le Cantal.*

Gravure.

MINET

102 — *Paysage.*

Sous bois.

OUVRIE
(JUSTIN)

103 — *Paysage marin.*

Aquarelle.
Signé et daté : *1870, avec dédicace.*

PHILIPPOTEAUX
(F.)

104 — *Portrait d'un Général.*

Dessin à la mine de plomb, rehaussé d'aquarelle.
Signé à gauche.

PILLE
(HENRI)

105 — Huit dessins, rehaussés d'aquarelle.

Trois sont signés.

TALAMI

106 — *Ruines de Rome.*

Des paysannes viennent chercher de l'eau à une fontaine au milieu de la campagne.

Gouache.

Signée en bas à droite.

Haut., 75 cent.; larg., 55 cent.

TRAVIES

(C.-J.)

107 — *Le Vieux Saltimbanque.*

Aquarelle signée au bas à gauche.

TRAVIES

(C.-J.)

108 — *Au Cabaret.*

Aquarelle signée.

VERNET
(CARLE)

109 — *Les Préparatifs d'une Course.*

110 — *Le Départ.*

111 — *La Course.*

112 — *Les Suites d'une Course.*

Série de quatre dessins à la sépia.
Signés en bas, en toutes lettres.
Ont été lithographiés, par Jazet.

113 — Sous ce numéro, tableaux omis.

www.ingramcontent.com/pod-product-compliance
Ingram Content Group UK Ltd.
Pitfield, Milton Keynes, MK11 3LW, UK
UKHW021655260726
13994UKWH00003B/1479